# 我在找你

心 想對你訴說的事

文·插畫／一小石

# 小石之序

某天，我下田幫小梅樹澆水時，突然發現了一棵檸檬小樹苗！我開心極了！開口就問：你是誰啊？什麼時候長出來的？

才說了幾句，就發現一位阿伯站在高處，一臉驚訝的看著我！看來是一個興高采烈又自言自語的女人嚇到他了！

好吧！我承認我跟一般所謂的「正常人」有那麼一些些的「不一樣」，這包括我喜歡跟花花草草、阿貓阿狗說話。

但我很喜歡自己這樣的「不一樣」，它讓我很容易開心，很容易因為一丁點小事，就感到愉快。

我從來不把跟一般大眾不同的人歸類於「怪」，而是覺得他們比較「特別」，而這個「特別」，只是比一般人更…而已。

我有太多喜歡的人、事、物和愛好。喜歡唱歌、喜歡畫圖、喜歡山、喜歡海、喜歡動物、喜歡小孩…喜歡靜默也喜歡與知心人喝茶聊天；喜歡獨處也喜歡與所愛的人歡聚…

我總能在許多人事物裡發現其中的美好，也總感覺「容易發現美好」是我此生最大的福報，因為它是我更容易感到幸福的來源！

很慶幸自己沒有隨著年紀增長而改變許多的喜歡。

更高興能將這些個人特質，結合成為一本圖文集，而在這本圖文集裡，有著我的真心與愛。

願以此圖文集獻給我所愛的一切宇宙萬有，包括正在翻閱此書的你。

感恩許常德老師在我動念出書之初，給我回覆了一個字：「可！」

就僅僅這一個字，就給足了我所有的勇氣，勇敢去做！

感恩翁妍濃小姐，在出版的過程中幫了我許多忙。

感恩一切善因緣！

# 找的一路順風

作詞人／作家
許常德老師

從小，我們就會找。
找媽媽、找玩具，找吃的，找被眼睛好奇的去處……
小石的第二個作品，更往內心去了，就像三歲的孩子跨出第一步去找東西一樣，顛顛簸簸的步伐，卻踩出叮叮噹噹的節奏，小石是要去找什麼呢？

書名如同慎重約會的打扮，希望帶給相見的人有感，這個有感是神秘多過全貌，深入多過親切，冒險多過習慣，一切的一切都是為了驚喜後的恍然大悟，但又沒有把握閱讀的人會怎麼想。

一路順風喔！
帶著發現新大陸的心情，大海的另一端會是什麼呢？
孤單單的小石，孤單單的繪筆，孤單單的尋找，沒有這條或長或短的路，故事一頁就寫完了。

所以，這本書的最後，
路，要閱讀的人繼續走下去，
找下去。

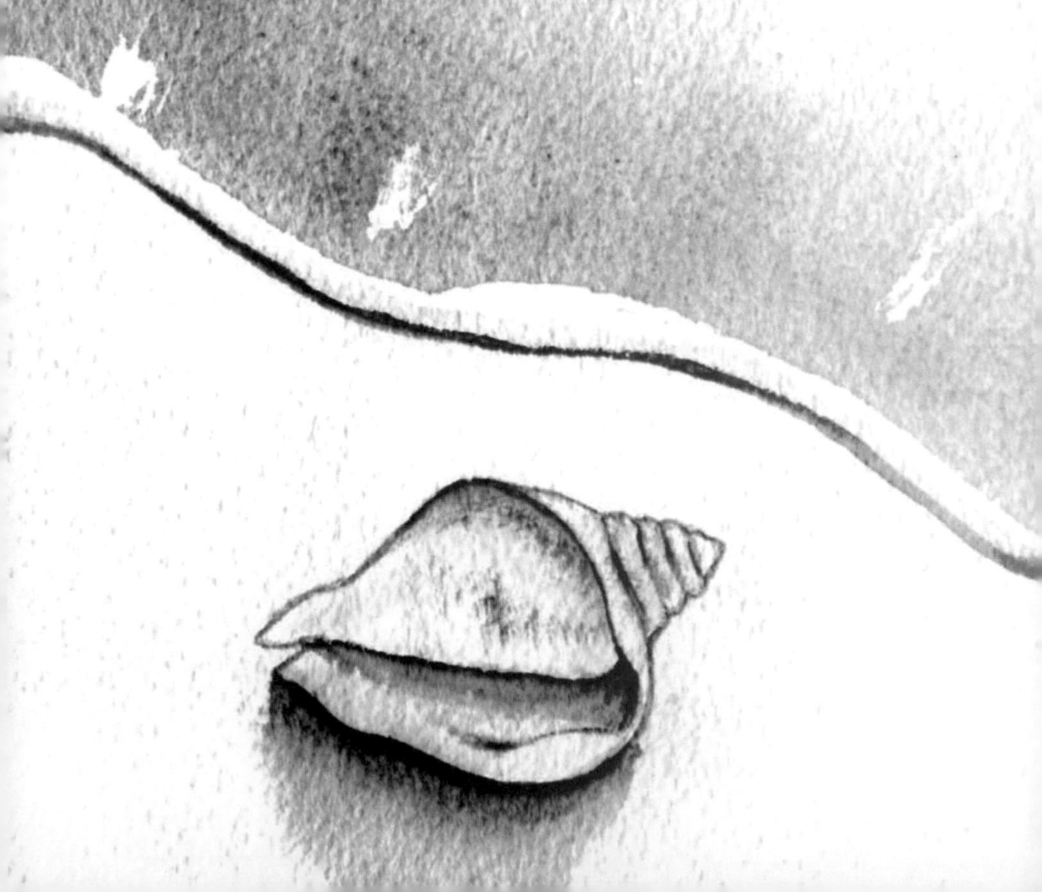

# 在某頁 與你對話

# 你的名字

我又去看海
只為想海
因為
海
是你的名字

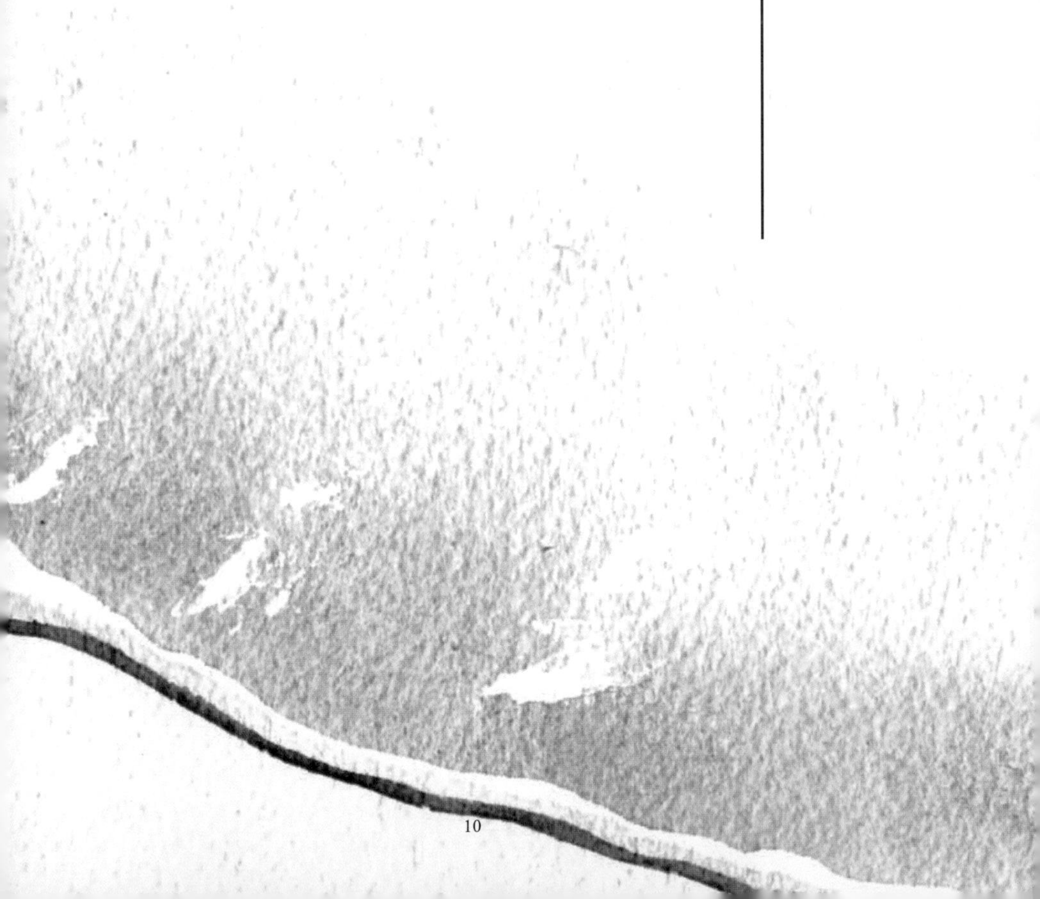

我珍藏著貝殼
只為念海
因為
海
是你的名字

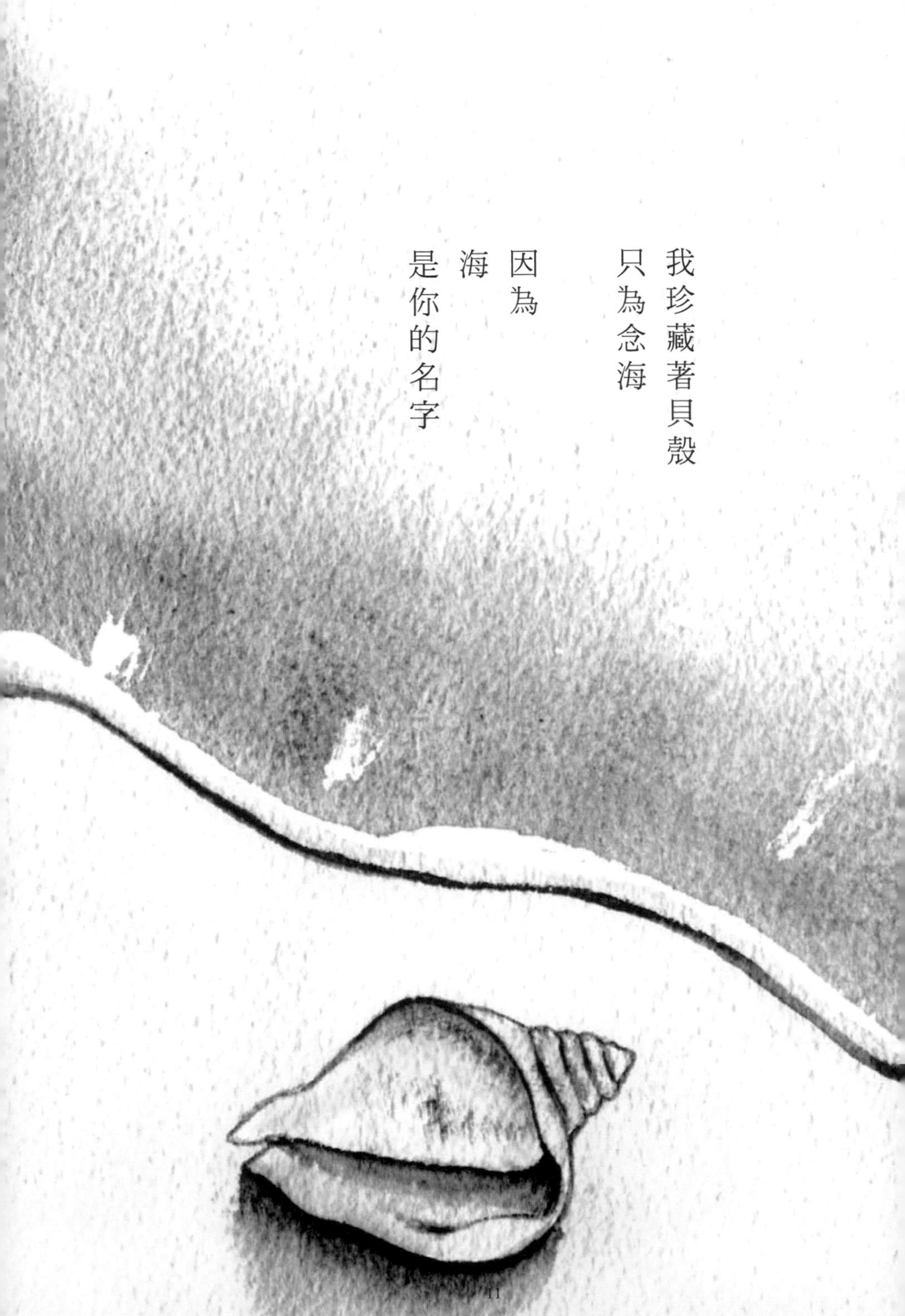

# 我在找你

我在找你
我一直在找你
我的雙眼一直在找你
即使 在你不可能會出現的地方
我依然癡癡地四處張望

找你
似乎已成了我的習慣

我總是在想像
見到你那時的欣喜若狂
但 我從未在人群中找到過你

一次
都沒有

# 起風了

「起風了」
我自言自語
提醒著自己
髮絲在風中凌亂
夾雜著白色的滄桑
此時的人
老了
此刻的心
傷了
放不下的人
被折磨是應該的
被誰
被自己

# 只是愛著

生活中總是會出現
能觸動我想起你的
事與物

或許一勾彎月
或許一片落葉
又或許
我只是有心要想

我的愛極為簡單
不必佔有
也沒有理由

與外在得失無關
甚至
也與你無關

所以
如果有一天
你知道了
請無須覺得負擔

# 那天

那天陽光明媚、風平浪靜

是你嗎
站在遠處沙灘上的人

望著那身影
我居然膽怯了
不敢再走近幾步去看

萬一是
怎麼辦
萬一不是
怎麼辦

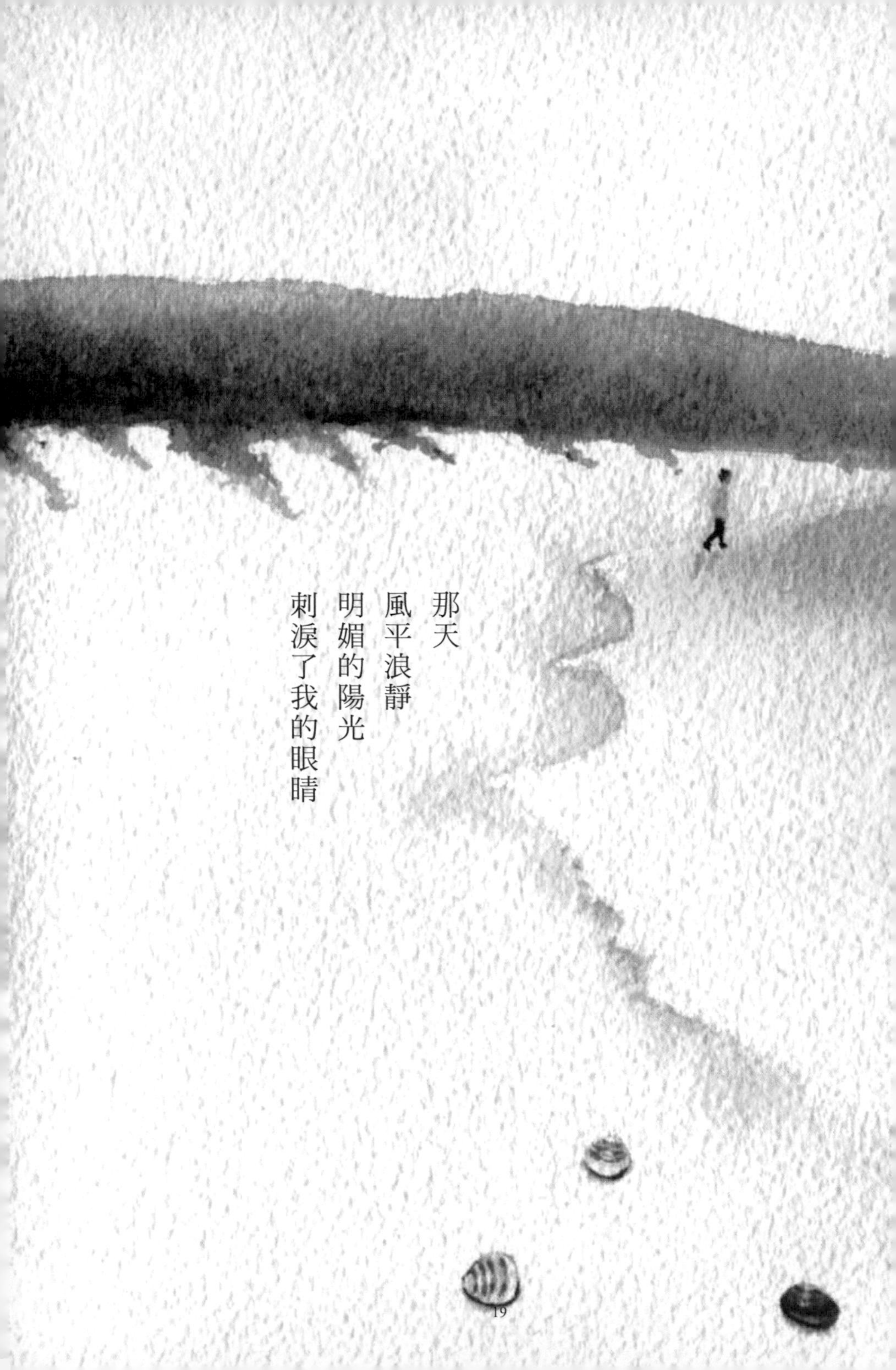

那天
風平浪靜
明媚的陽光
刺淚了我的眼睛

# 遺忘

總是想要遺忘
每當天色微亮
躺在床上的她
睜開雙眼的剎那
出現的第一念　如果不是他
她就會告訴自己
很好
妳今天進步了

對於「遺忘」這件事
用力去做
做得到嗎

# 痛

又吞了一顆止痛藥
因為不想再痛了
不要輕視他人任何的痛
不管是心理的還是生理的
因為
每個人的承受度都不相同
況且
只要在意
就痛

# 地獄

思念
是如何植入我體內的

我並不知道
我只知道我病了
而且病得不輕

一天二十四個小時裡
每個細胞都在想你
每個念頭都朝著你奔去

日復一日
日復一日

直到那一刻　忽然驚覺

這就是無間地獄吧

何苦自困地獄

當下

業盡了、解脫了

# 要不要

這個午後
天空灰濛濛的
雨
要下不下
風
要來不來
就如你
要愛不愛
就如我
要捨不捨

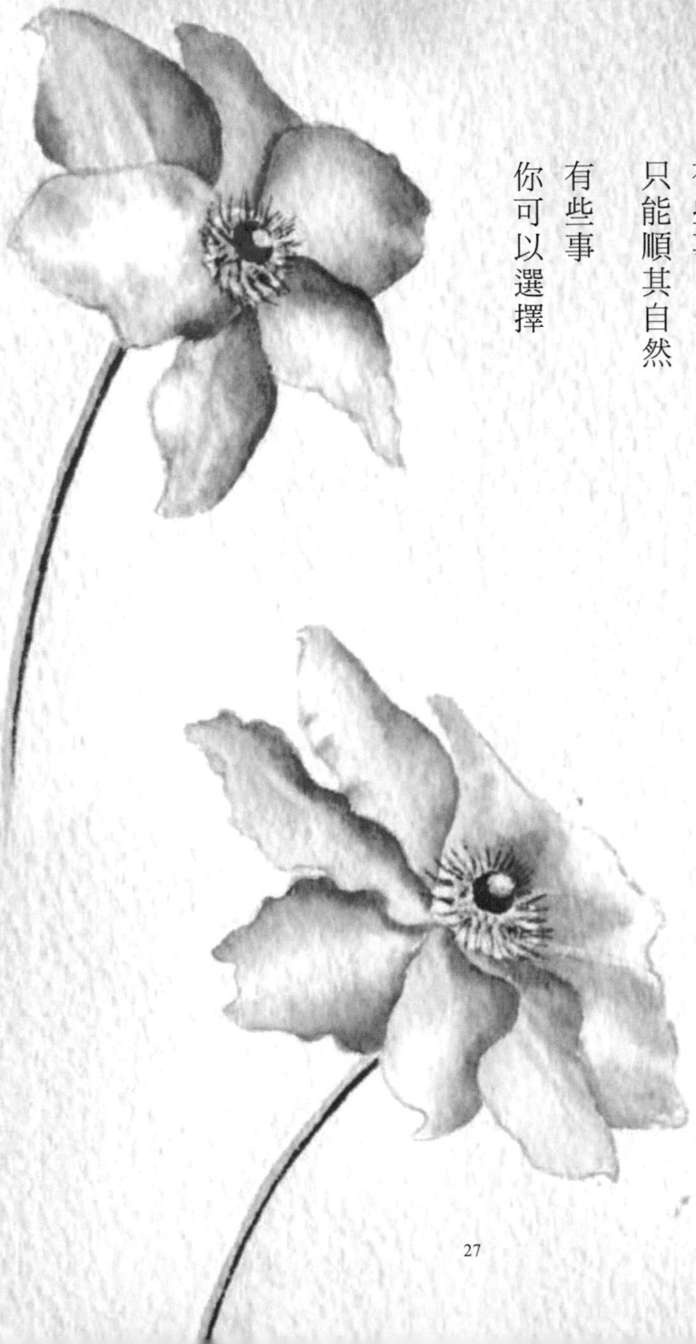

有些事
只能順其自然
有些事
你可以選擇

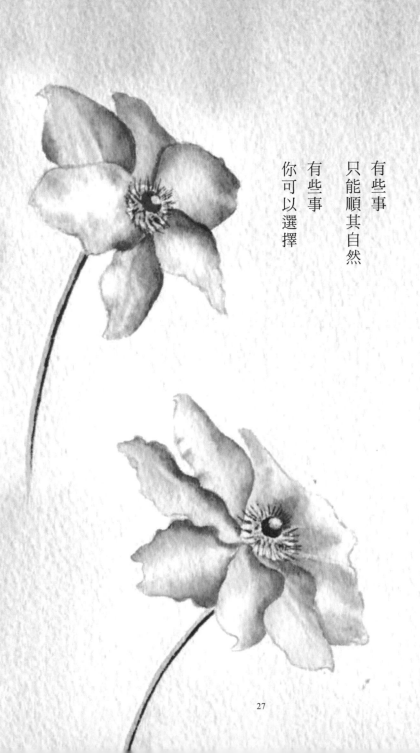

# 平安

愛恨情仇
你來我往
扯得平嗎
扯不平的

放下
就平了
心平了就安了

心安而快樂
是我所知的
人生最大成就了

# 讓愛純粹

凡事　莫要習慣性的
去「計算」利弊得失
尤其對愛

因為能算的
真的都微不足道

當我們愛得純粹
沒有附加條件
那麼
每段感情
每次相遇
都會是美麗的

包括分離

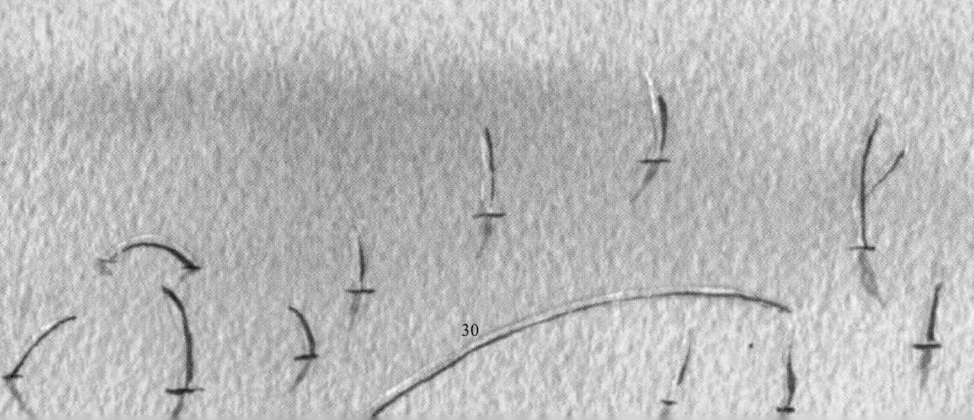

# 一場夢

人生路
走得磕磕絆絆

有時
咬著牙、忍著淚
有時
崩潰著痛哭流涕

直到年紀一把了
始知
一切只是
一場遊戲一場夢

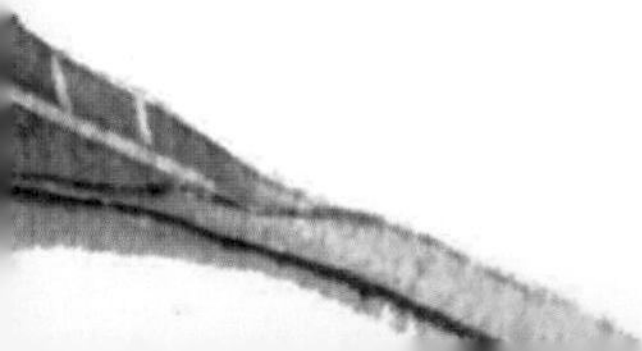

又哭了！
因為太委屈了
一直那麼較真
平白受了這麼多苦
拭去了淚水
突然又笑了
太好了！
僅僅是一場夢
耶！

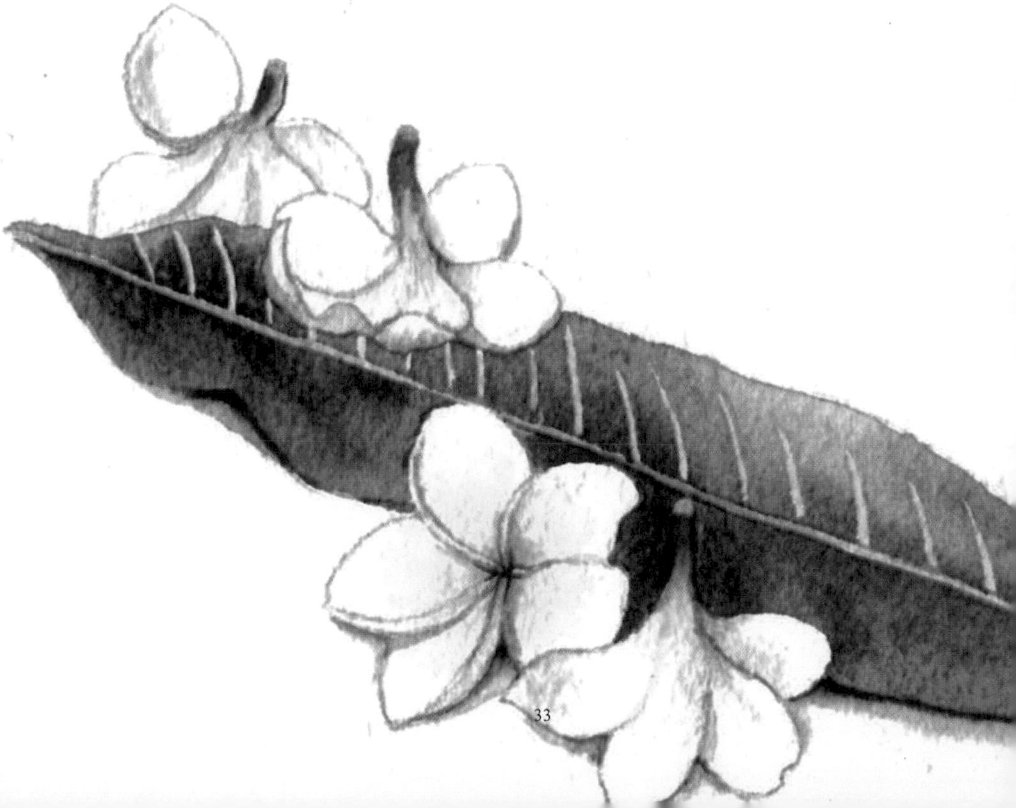

# 什麼都不知道

其實　我們什麼都不知道

一片雲
會如何變化多端
一襲浪
會追淹多高的灘
一朵花
會如何綻放
一顆心
會對誰怦怦然
其實　我們什麼都不知道
但是
不知道才好玩啊！

# 傷

或許此時妳的內心
還有著各式各樣深深淺淺的傷
有些努力去療癒
有些選擇了隱藏

沒有關係的
就依妳的心吧
不管療癒或隱藏

只要全然的接受著
妳此時此刻的樣子
並且好好的珍愛著

即使帶著傷
妳依然如此
美麗、動人
無關年齡

# 情執

我在這裡
若無其事的生活著
是否
在這世界的某個地方
有人正對前世先行離世的我
念念不忘

前世
深愛著的彼此
今生
或許無緣再相逢
又或許
如路人甲、路人乙一般
擦肩而過
如此而已

那麼
此時此刻的情執
意義何在？

所以
緣起就珍惜
緣滅就放下吧

# 一段緣

放下已離去的人吧
不管他以何種形式離開你

如果還想念
就帶著微笑懷想你們的過去
並虔誠的祝福
對方一切安好

真心的感恩於曾經的擁有
切莫糾結於現在的失去
誰都不真正屬於誰

只是難得有緣
一起走了一段
屬於你們的路

# 卸下防備

我總是輕易的
在第一眼
就愛上一朵花
愛上一棵樹
一座山
一片雲
小貓小狗小瓢蟲‧‧‧

但
為什麼很難輕易的
在第一眼
就愛上一個成年人類

是我內心對他們
有太多防備
還是
我真的很難見到
真實的他們？

或許
兩者都有
那
就讓我
先卸下防備吧！

# 滿足

我喜歡獨處
也享受著此刻的單獨

曾經愛過
也就足夠
深知愛的模樣
無意再貪求

餘生
我想　我的心
很難再為誰停留
即使那人是你
也難

# 一個人的幸福

即使只有一個人
也有屬於一個人的自在與樂趣
別人無法理解也沒有關係

如果能不被世俗的價值觀所擺弄
而過著自己真心想過的生活
那真是奢侈的幸福啊！

# 來來去去

妳的到來
迎接
我總是滿心歡喜
妳要離去
相送
我亦是誠心祝福
只要妳高興
我亦隨喜
是真愛
不容懷疑

緣份啊！
來來去去
隨順就好

感嘆啊！
人類的成人世界
有時好聚難
有時好散難

# 一面善緣

心
如果沒有剎那的交集
誰對誰還有吸引力
是誰
推動這緣起
難道
一切只是業力
不
我願意相信
還有願力

就願你我
每一個相遇
都有發自內心的歡喜

那怕只是
一面之緣！

# 牽掛

訊息
遲了一天
我的心
忐忑萬千

風雨中
我出了門
廟裡虔誠禮拜
仰首長跪
與菩薩四目相對

請問
出門在外的孩子
平安否？

# 去愛吧

對於曾經在感情中
受過傷的人
再一次敞開心扉
再一次去愛
到底
需要多大的勇氣？

親
如果你
其實並不那麼
喜歡孤單

那
就再給自己
一次機會吧！
再勇敢一回
去愛吧！

# 不要回頭

過去的已經過去了
好的、壞的、善的、惡的
一切的一切
如今也只剩下如幻的記憶

放下吧！
管它誰對誰錯
只管繼續向前走
不要再回頭

不管它曾經多美、多傷
多刻苦銘心
放下吧！
只管繼續向前走
不要再回頭

# 自由

你快樂嗎？

此生
只要成為自己喜歡的自己
這樣就夠了！

內在的自由勝過一切
不要為難自己
活成某人期待的樣子

也別要求他人
用他寶貴的一生
來配合你的期待

憑什麼！
不管你是他的誰

# 塵埃

當我們仰望繁星
便能體會我們有多渺小
在浩瀚的宇宙中
地球就像一顆塵埃

那麼
地球上的我們
也只是塵埃中的塵埃
這般的存在

而我們卻緊緊的捉住
更微不足道的觀點與執念
硬要在其中尋出煩惱

需要嗎？
放下執念
我們就是無限

# 發現

此時此刻的妳
如此閃耀動人
妳發現了嗎？

妳正散發著
唯妳才有的獨特之美
妳發現了嗎？

妳從來都是完美的
妳發現了嗎？

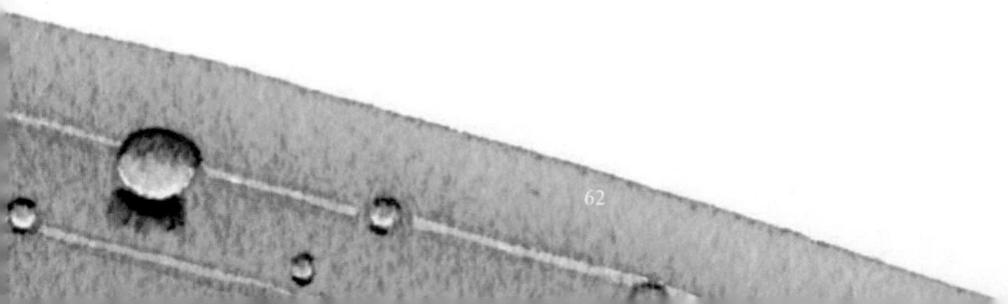

就像那晨露
無論大小
每一顆都晶瑩剔透
每一顆都有屬於
自己的太陽
在閃閃發光

妳發現了嗎？

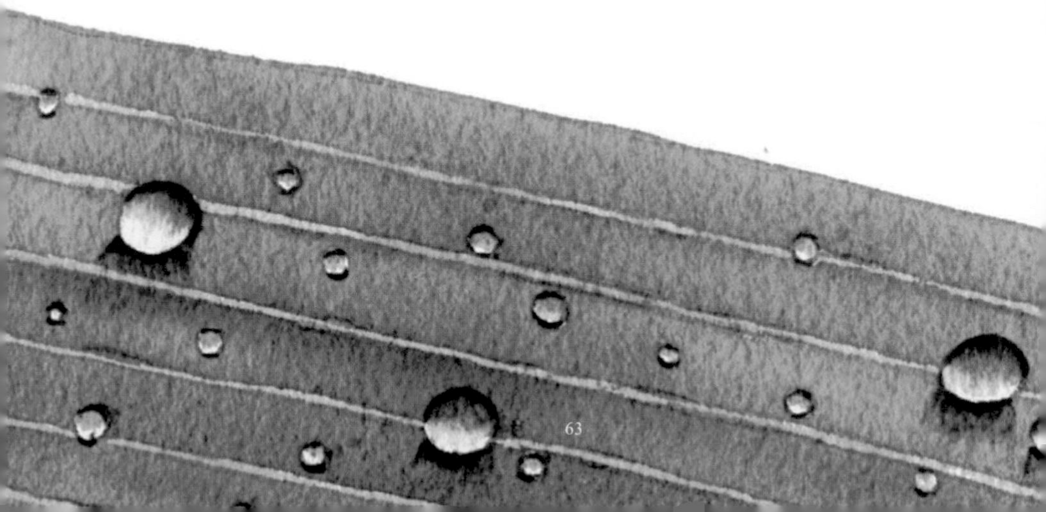

# 飛吧

妳
可以飛
只要妳想！

# 時間

那一夜
突然體悟到了
時間根本不存在

沒有過去
沒有未來
只有當下「永恆」的在

我會心一笑！

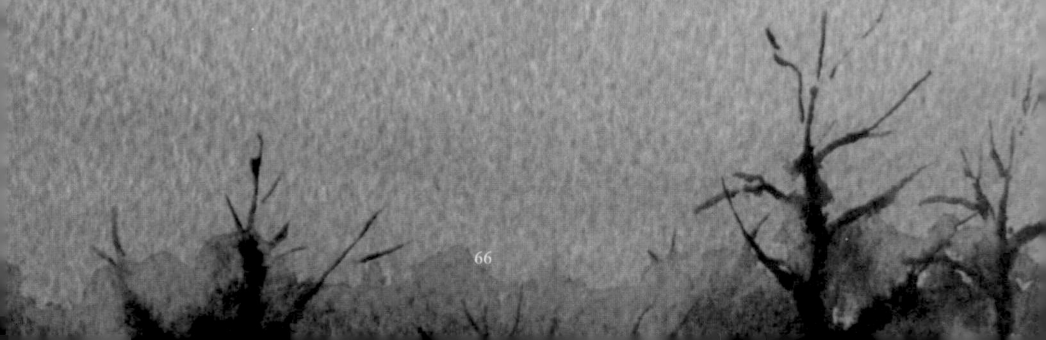

# 就是要快樂

下個決心吧
告訴自己
無論如何都要快樂
晴天、雨天
都要快樂
熱戀、失戀
都要快樂
結婚、離婚
都要快樂
順境、逆境
都要快樂

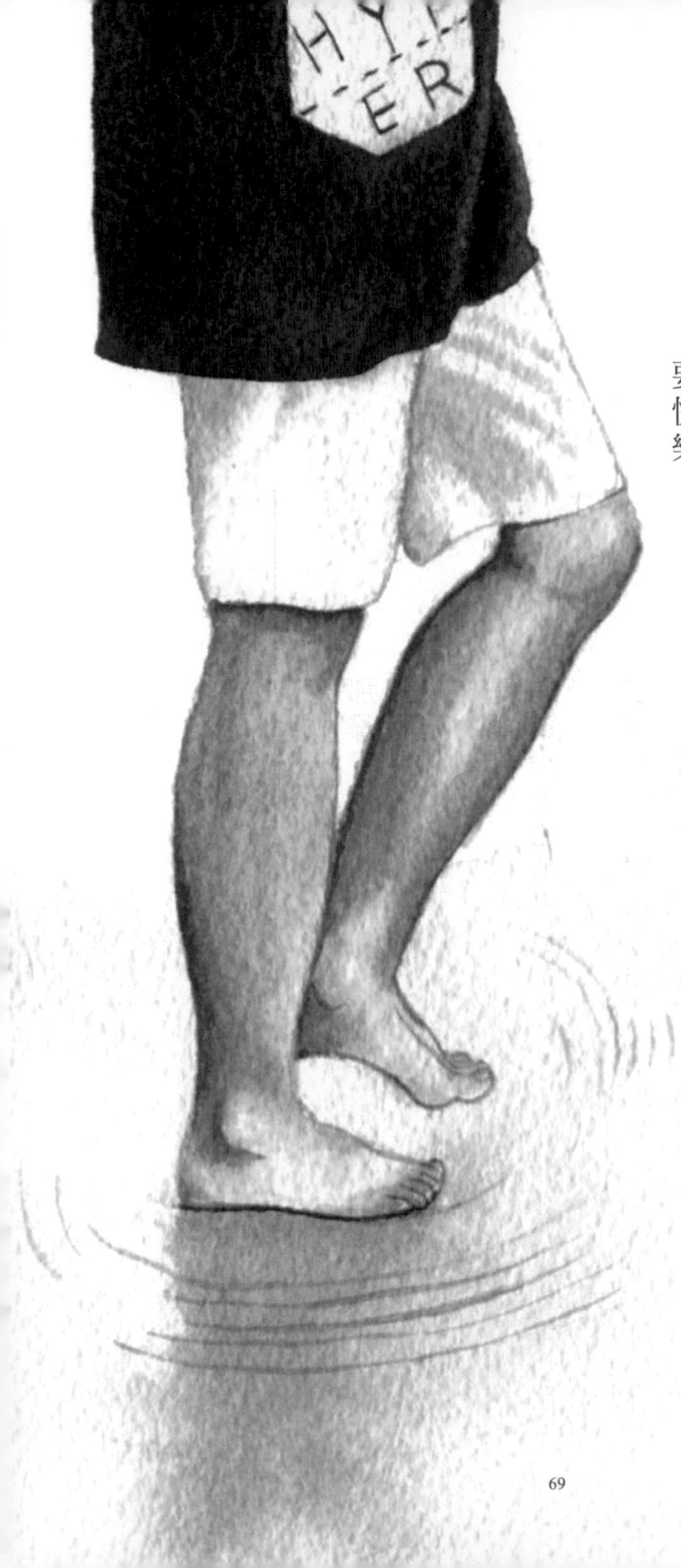

管他別人怎麼想
反正就是
要快樂

# 天堂

聽！
那聲音
是雨嗎？

是雨
在這少雨的地方

我欣喜的拉開落地窗
空氣中瀰漫著草的芬芳
閉上雙眼大吸一口

天啊！
是天堂吧

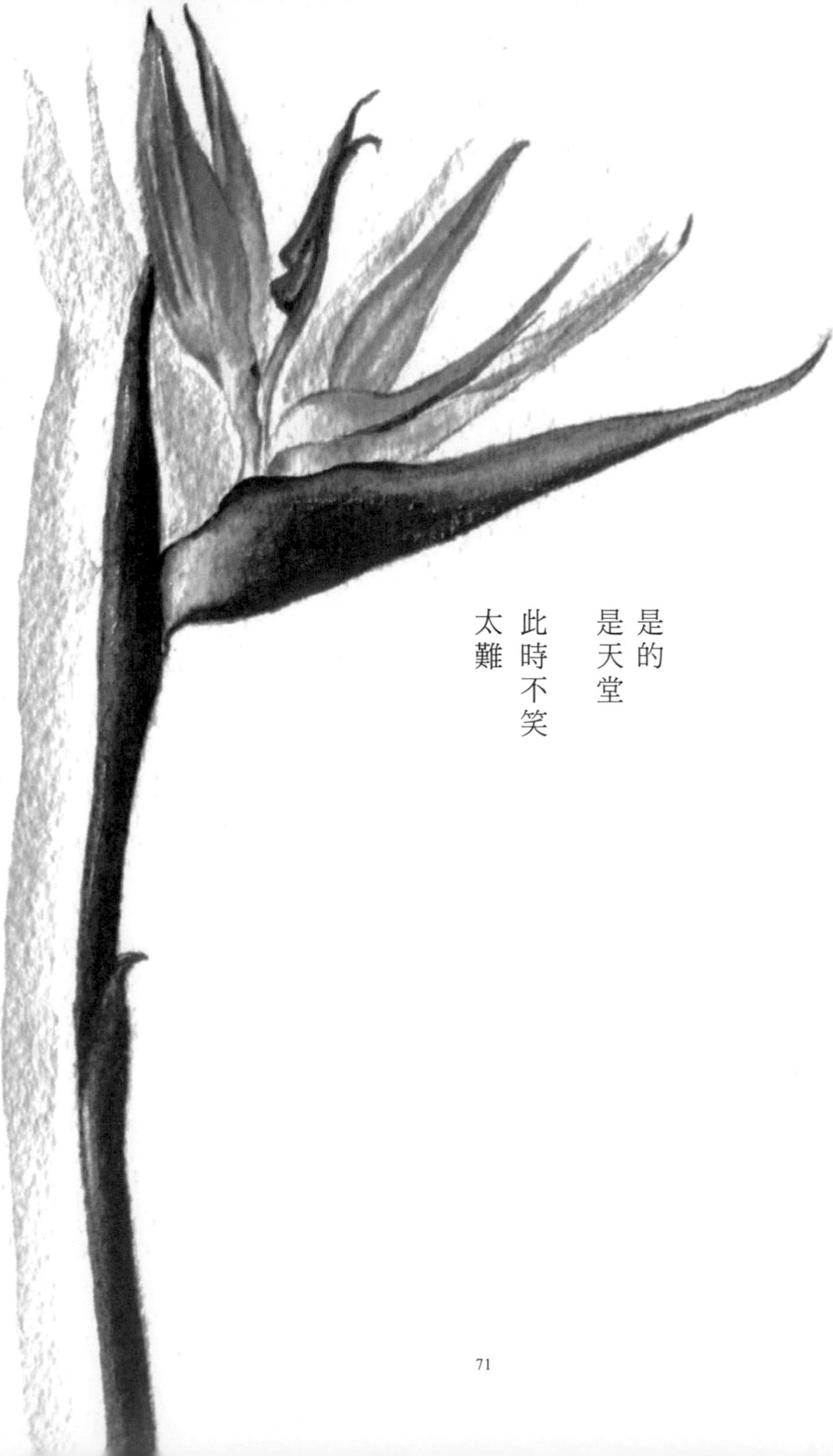

是的
是天堂
此時不笑
太難

# 奉獻

打開窗戶
只為了能更清楚的
聆聽那隻鳥的歌聲

多美妙啊！
她唱進我的心裡頭去了
我情不自禁地揚起了
嘴角、眼角、眉角

這心
哪堪如此觸動

看！
根本無須刻意去做什麼

只要如實的呈現自己
就是對這世間
最大的奉獻了

# 苦瓜

小時候很排斥的食物
長大後
會因為對身體有益
而開心地吃著

甚至還覺得
挺好吃的！

我的靈魂
會不會也是這樣呢
選擇了困難重重的人生
只為了讓靈性得到
難得的成長

甚至還覺得
挺好玩的！

# 無常

那果子
從無到有
從青澀到成熟
也是無常

無常
不是好事
不是壞事
只是如是

生滅是一體的
同時在進行

一切在不斷的變異中
形成了生命之流
遷流不止
生生不息

# 事事如意

大家都想事事如意
但
千萬種人有千萬種心
到底該如誰的意？

那
就如老天爺的意吧
天意是什麼
天意只是自然

那麼
就讓一切
順其自然吧

# 體驗

一切只是體驗

體驗成為人類
或體驗成為蝴蝶
體驗生老病死
又體驗悲歡離合

直到我們覺悟到
原來
一切的體驗
都是夢中事

醒來後
遊戲人間
才開始

# 獨角戲

起心動念即成世間
頭腦
喋喋不休的
演了一生又一生的
獨角戲

如果你發現你經常在演出
後悔、遺憾、自責、抱怨⋯的苦情戲
提醒自己
停！

停下來！
把這些慣性的戲碼停下來

為自己
換一個好劇情吧！
如果你非演不可的話

# 自在

何謂美
何謂醜
只用肉眼
你能看到什麼

任何膚淺的
評價與論斷
都與我們無關

只要自在的
呈現自己
不炫耀
不隱藏

就只是如實的呈現
當下真實的自己

這份自在
這份真
便有善與美在其中

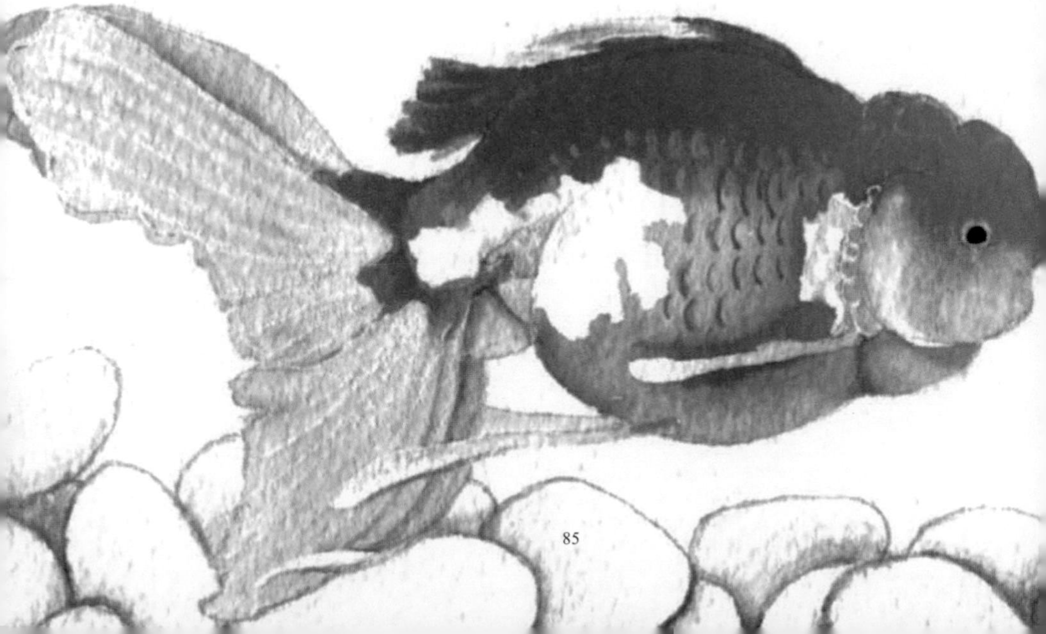

# 味道

不可思議啊！
萬物都有自己獨特的
味道

蘋果的味道
山的味道
家的味道

每當我專注地品嘗著
各式各樣味道時
總是感到很幸福

感到幸福時
就微笑以待

並且在心底
輕輕地重複著
謝謝！

# 秋

一陣微風
輕柔的撫過我的臉龐
閉上雙眼
感受著那風絲

哇！涼的
已是秋季了嗎？
那個我最愛的季節

而我的生命旅程
也在不知不覺中
走進了「秋」

這個我最愛的季節
很棒的年紀
我滿心歡喜

# 荷包蛋

秋天
有一種很迷人的味道

你一定也感覺到了
那真是一種
迷死人的味道

每當我在一早
聞到了她的味道
總會感到無比的欣喜

接下來無論做什麼事
都感覺幸福在洋溢

即使
只是煎了一顆
荷包蛋

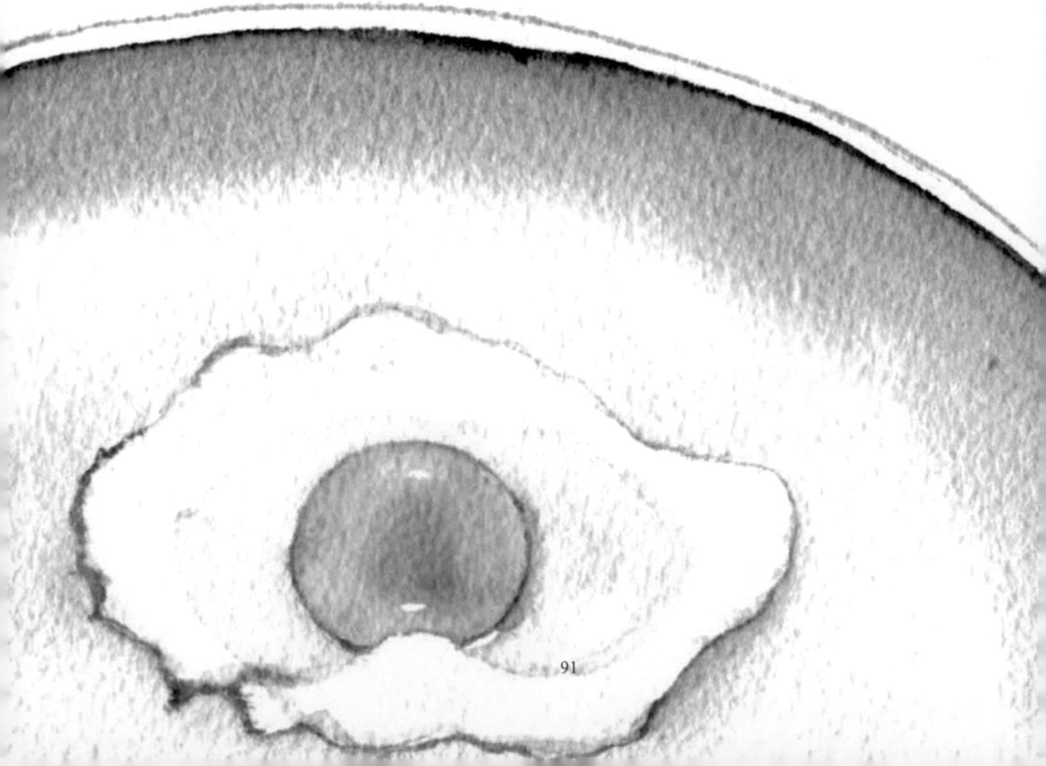

# 入心

或許是一個背影
或許是一首老歌
或許是一個味道

都可能
讓冷若冰霜的我們
讓堅強已久的我們
再度動容
再度淚流滿面

那是因為
這些人、事、物
都曾經入了我們的
心

# 小女孩

人已老
珠已黃

奇怪的是
住在心裡的
那個小女孩
卻始終都沒有長大

奇妙啊！
這顆心

超越時間
超越空間
超越世間

# 高歌一曲吧

夜臨
天黑
雲烏
雨落

雨珠子在草尖兒上跳著
泥土的清香味
也跟著舞起來了

青蛙高興極了
扯開喉嚨就唱
難得雨天
不大聲唱怎麼行

那就一起來高歌一曲吧
嘓！嘓！嘓！

# 長不大的小孩

我們依舊是那個當年
討不到糖果、玩具
就要耍賴、哭鬧的小孩

只是
我們現在肖想的東西
從糖果、玩具
變成名利、地位
權勢、感情···

隨著年齡的成長
肉體的老化

我們的心靈
真得更成熟了嗎？

# 選擇

當你面對很困難的選擇時
請拿出非凡的勇氣
讓這個選擇
是出自於你內心的愛
而非貪婪或恐懼
如果
這會導致你的前景
看似充滿艱辛

請告訴自己
再堅強一點
再堅強一點

等到生命即將終了的那一刻
你內心的無愧、無憾
會向你證明
你是對的！

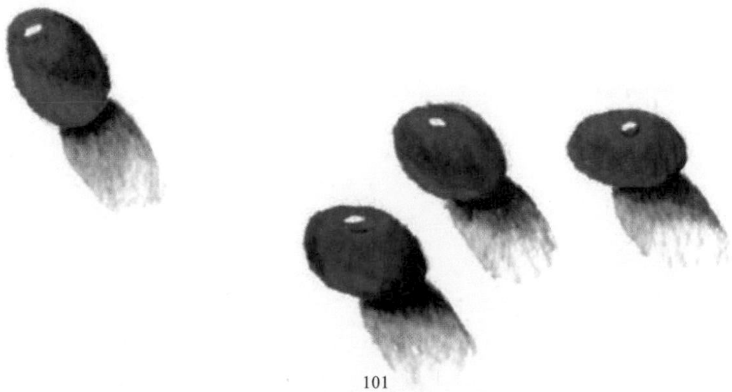

# 困

或許
我們都被困住了

被名、利、情困住
被思維、習性困住
被輪迴困住
被時空困住⋯

但
困住我們的這些
真實存在著嗎？

# 莫貪、莫急、莫怕

莫貪
貪念衍生出世間太多的苦與難
放不下貪念
佈施何用

莫急
宇宙的整體運行是完美的
一切的時機
一切的發生
只在「剛剛好」的時候

莫怕
人生是一段從零到零的過程
最終
我們不會得到什麼
我們也不會失去什麼

# 你的本質

當你發現
除了肉體以外
還有一個超越肉體的你的存在

這時
世間的得失就不再重要了
舊有的束縛和框架就消失了

想做什麼就去做了……

但
奇妙的是
從此
你無法不愛的
你無法不慈悲的

因為
你就是愛
你就是慈悲
那是你存在的本質

# 歸宿

當
繁華落盡

內心的寧靜
是我
永恆的歸宿

國家圖書館出版品預行編目(CIP)資料

我在找你 : 心想對你訴說的事/一小石文. -- 初版. --
臺中市 : 統藝群印有限公司, 2022.07
面 ; 公分
ISBN 978-626-96249-0-4(平裝)

863.55 111009165

# 我在找你

## 心想對你訴說的事

圖文作者/一小石
發行人/翁妍濃
出版者/統藝群印有限公司
台中市南區復興路二段71巷65弄20號1樓
(04)2265-5051
出版日期/2022年7月(初版一刷)
定價/300元